시인 아름다워라

이찬용 시인의 평론

시인 아름다워라

시와함께 넓은마루

기리는 말씀

꿈꾸고 소망을 노래하는

시인이 있어서

세상은 참 아름답습니다!

존경과 감사의

박수를 드립니다!

- 2023년 4월 이찬용

| 보기 |

제2부 시를 살핍니다

제1부

시인 아름다워라

산에는 꽃 피네 꽃이 피네

산유화

산에는 꽃 피네
꽃이 피네
갈 봄 여름 없이
꽃이 피네

산에
산에
피는 꽃은
저만큼 혼자서 피어 있네

산에서 우는 작은 새요
꽃이 좋아
산에서
사노라네

산에는 꽃 지네
꽃이 지네
갈 봄 여름 없이
꽃이 지네

— 시집 『진달래꽃』(1924.10)

모르게 흥얼거려지고 뇌어지고 읊어지는, 때로는
웃음으로, 한숨으로,
어느 때는 가슴이 아리고 저려서 비져 나오는,
가락(리듬)이 소월(김정식)의 시에는 있습니다.
어쩌면, 오래오래, 맺히고, 흘러, 우리 겨레의 얼(혼)이,
젖고, 담기고, 배어서, 저절로, 솟아 나왔느니라
여겨십니다.

우리 말의 맛을 고스란히 살려서, 이렇듯, 쉽고,
친근할 수가 없습니다.

그런데, 산을 세상으로, 꽃과 새를 사람으로,
이웃으로, 바꿔서 헤아려 보면, 빛나는
은유와 상징, 그 뜻은, 사뭇, 깊고, 넓고, 높아,
정작 놀랍습니다.

가을 봄 여름 없이 피고 지는 꽃, 이 짧은 시
한 편에서, 세상을 사는, 심오한 진리를 터득
할 수가 있습니다.
그리고, 저만치 떨어져서, 결국은 혼자이니,
혼자서 피어 있는 꽃, 그 꽃이 좋아서, 더불어
살려는 새, 그림이 그려지지 않습니까.

여기, 거리를 나타내는 말로는, 부드러워, 여운이
있어서, 저만치라는 표현이 참으로 좋아 보입니다.

스무 살도 안 된 소년이있을 때의 시라고 하니,
속으로, 다 알고, 이 시를 지었으리오 만은,
새겨 보는 이제, 새삼 감탄을 아니 치 못합니다.

구십여 년이 지난 지금, 좋아라, 그대로 따라서
하기는 그렇고, 모름지기 오늘에 맞아야 옳으니,
우리가, 정성으로 부딪치며, 겪어서, 곰삭아서,
마침내 고이는, 새로운 가락과 시구를 찾아야
하고, 만들어내야 할 것입니다.
꾸준히 그렇습니다.
우리가 뿌리는 시의 씨앗이, 당장은 우리에게
짐짓 기쁨과 위로가 될 것이고, 뒤를 이어 사는,
어느 누군가, 또 언제든, 어디서든,
이 시의 열매를 맛보게 될 터입니다.

가곡 산유화를 들으며, 부르며, 이 시의 맛과 뜻을
곰곰 새기어 봅니다.

산유화山有花라는 꽃이 따로 있는 것이 아니라
산에 피는 꽃 모두를 이르는 말입니다.
오랜 옛날부터 쓰여오던 아주 예사론 낱말입니다.

칼날의 저항 서정의 멋 - 이육사
(절정 그리고 청포도)

절정

매운 계절의 채찍에 갈겨
마침내 북방으로 휩쓸려 오다

하늘도 그만 지쳐 끝난 고원
서릿발 칼날 진 그 위에 서다
어디다 무릎을 꿇어야 하나
한 발 재겨 디딜 곳조차 없다

이러매 눈 감아 생각해 볼 밖에
겨울은 강철로 된 무지갠가보다

한 발 재겨 디딜 곳조차 없는 그저 아득한
벼랑에서
오시시 떨고 소름이 돋았을
그 절박한 순간의 아주 절묘한 묘사입니다.

온몸을 달여서 쥐어짜서 고이고 맺혀서
떨어지는
진액으로 지어진 시입니다.

한 마디도 도무지 허투루해서는 결코 안 돼
옷깃을 여미게 합니다.
감히 범접 못 할 기품이 있습니다.

매운(미각) 계절의 채찍(촉각)에 갈겨(운동)
하늘도 그만 지쳐(운동) 끝난

휩쓸려 오다(운동)
서릿발 칼날 진 그 위에(시각)
겨울은 강철로 된 무지갠가보다(시각)

표현이 선명하고 절절하여 가슴을 휘어잡습니다.
감각, 더욱이 여러 감각 아울러(공감각)

자극하여 표현의 극치를 이루었습니다.

서로 엉뚱하게 다른 빛깔의 어휘 낱말(겨울 강철 무지개)이 격렬하게 부딪쳐, 스파크를 일으켜서, 전혀 새로운 이미지를 만들어내었습니다.

한 발 재겨 디딜

세미한 우리말의 맛을 기막히게 내고 살렸습니다.

이 시는 어려운 시대를 견디던 시인의 처지 – 은유 상징 고통 고독 절정, 인고 견고 의지 꿋꿋한 꿈의 절정,

똑 떨어져서 더는 빼고 보탤 것이 없는 응축의 시 절창입니다.

청포도

내 고장 칠월은
청포도가 익어가는 시절

이 마을 전설이 주저리주저리 열리고
먼데 하늘이 꿈꾸며 알알이 들어와 박혀

하늘 밑 푸른 바다가 가슴을 열고
흰 돛 단 배가 곱게 밀려서 오면

내가 바라는 손님은 고달픈 몸으로
청포를 입고 찾아온다고 했으니

내 그를 맞아 이 포도를 따 먹으면
두 손은 함뿍 적셔도 좋으련

아이야 우리 식탁엔 은쟁반에
하이안 모시 수선을 마련해 누렴

　　　- 『문장』(1939.8)

여름을 시원하게 하는 시를 말하면 얼른 이 시를 꼽습니다.
이름(제목)도 그러하고 푸른 그늘 아래 좋은 사람을 기리며
기다리는 그 정취가 아주 정겹고 상쾌합니다.
청포도, 하늘, 푸른 바다, 흰 돛 단 배, 청포, 은쟁반,
하이얀 모시 수건

손대면 금방 물 묻어 나올 듯 만 싶고 그 밝고 선명한
빛깔의 조화 그대로 마음으로 번져오는 한 폭의 시원한
수채화가 떠오릅니다. (눈)(감각-시각)

전설이 주저리주저리 열리고, 하늘이 꿈꾸며 알알이 들어
와 박혀, 푸른 바다가 가슴을 열고, 돛 단 배가 밀려서 오면
잡히고 보이고 가슴을 울리고 (눈)(몸)(운동)(공감각 –시각
촉각 기관 운동) 살아 움직여서 (활유, 의인) 더위를 잊어
버리게 합니다.

그리운 고향에 깊이 젖어 들게 합니다.

함뿍 적서도 좋으련
얼마나 정감이 있는 낱말이고 표현인가요?!

아이야 우리 식탁엔 은쟁반에
하이얀 모시 수건을 마련해 두렴

이 시의 백미입니다.
이렇게 끝을 맺지 않았다면 지금처럼 빛나지는 못하였을
것입니다.
활기 넘치는 감동의 정서는 바로 이 두 줄에서 폭죽을
터트립니다.

오래되었으나 그때 벌써 이 시인은 고도의 표현 기법을
자연스럽게 구사하였습니다.

이 시를 또 암울한 압제의 고통에서 광복을 꿈꾸는 은유
상징의 시라고들 합니다.

그 훌륭한 기법을 인정하고 사뭇 놀라고 존경하면서, 이
시인의 그 저항 투사 지사의 면모 못지않게, 이 시에서의,
어쩔 수 없는, 낭만 서정의, 여리디여린 시인을 잊을 수
없습니다.

요즈음 세상살이 답답하고 무더운데 이를 말끔히 날려버리는

이 아름다운 시를 무척 좋아합니다.

많은 것을 아우르면서도 깔끔하여
전혀 군더더기가 없습니다.
두고두고 탐이 나는 보석입니다.

우리의 개울에는 지금 순수 낭만 서정의 맑은 물이 파아란
소리를 내며 흐르고 있습니다.

언어의 마법사 정지용의 시

향수

넓은 벌 동쪽 끝으로 옛이야기 지줄대는
실개천이 휘돌아 나가고 얼룩배기 황소가
해설피 금빛 게으른 울음을 우는 곳

그곳이 차마 꿈엔들 잊힐리야

질화로에 재가 식어지면 비인 밭에 밤바람 소리
말을 날리고 엷은 졸음에 겨운 늙으신 아버지가
짚베개를 돋아 고이시는 곳

그곳이 차마 꿈엔들 잊힐리야

흙에서 자란 내 마음 파란 하늘빛이 그리워
함부로 쏜 화살을 찾으러 풀 섶 이슬에
함초롬 휘적시던 곳

그곳이 차마 꿈엔들 잊힐리야

전설 바다에 춤추는 밤물결 같은 검은 귀밑머리 날리는
어린 누이와 아무렇지도 않고 예쁠 것도 없는 사철 발 벗은
아내가 따가운 햇살을 등에 지고 이삭 줍던 곳

그곳이 차마 꿈엔들 잊힐리야

하늘에는 성근 별알 수도 없는 모래성으로 발을 옮기고
서리 까마귀 우지짖고 지나가는 초라한 지붕
흐릿한 불빛에 돌아앉아 도란도란 거리는 곳

그곳이 차마 꿈엔들 잊힐리야

- (1927)

22

정지용

우리나라 현대시의 새로운 장을 연 시인이라 합니다.
누구도 흉내 낼 수 없는 시 언어의 마법사라 합니다.
시인이 낸 우리말 한글 시어의 맛깔은 짐짓 기가 막힙니다.
박두진 박목월 조지훈 이 훌륭한 시인들이 모두 이분의
추천을 받았습니다.

향수

우리나라에서 가장 사랑받는 시의 하나입니다.
어린 시절의 추억을 참으로 아름답게 잘도 그렸습니다.

1. 내용이 아주 좋습니다.

친근하고 마음을 사로잡는 다스운 이야기들을
주욱 담았습니다

2. 표현 방법

은유 상징 활유 시각 청각 촉각 운동의 또 이들이

어우러진 공감각의 기발한 묘사는
우리를 사뭇 놀라고 감동하게 합니다.
몇을 적어보면 이렇습니다.

넓은 벌 동쪽 끝으로
옛이야기 지줄대는 실개천이 휘돌아 나가고
얼룩배기 황소가 해설피 금빛 게으른 울음을 우는
밤바람 소리 말을 달리고
엷은 졸음에 겨운
따가운 햇살을 등에 지고
함부로 쏜 화살
전설 바다에 춤추는 밤물결

3. 가슴을 울리는 가락이 있습니다.

모든 흐름이 그러하나

그곳이 차마 꿈엔들 잊힐리야

기찬 이 후렴의 반복은 정작 애틋한 그리움으로
휘둘리게 합니다.

불끈 주먹을 쥐게 하는 박두진

해

해야 솟아라, 해야 솟아라, 말갛게 씻은 고운 해야
솟아라,
산 넘어 산 넘어서 어둠을 살라 먹고, 산 넘어서 밤
새도록
어둠을 살라 먹고, 이글이글 앳된 얼굴 고운 해야
솟아라.

달밤이 싫여, 달밤이 싫여, 눈물 같은 골짜기에 달
밤이 싫여,

아무도 없는 뜰에 달밤이 나는 싫여......
해야, 고운 해야, 늬가 오면 늬가사 오면,
나는 나는 청산이 좋아라, 훨훨훨 깃을 치는 청산이 좋아라,
청산이 있으면 홀로래도 좋아라.
사슴을 따라, 사슴을 따라, 양지로 양지로, 사슴을 따라
사슴을 따라 사슴을 만나면 사슴과 놀고.... 칡범을 따라, 칡범을 따라, 칡범을 만나면 칡범과 놀고....

해야, 고운 해야, 해야 솟아라, 꿈이 아니래도 너를 만나면, 꽃도 새도 짐승도 한자리 앉아, 워어이 워어이 모두 불러 한자리 앉아 앳되고 고운 날을 누려보리라.

좋은 시는 늘 감동을 줍니다. 어려운 세상에서
소망과 용기와 힘을 주어 불끈 주먹을 쥐게 합니다.

"꽃도 새도 짐승도 한자리 앉아 워어이 워어이 모두 불러
한자리 앉아 앳되고 고운 날을 누려보리라"
이 시의 절정입니다.

넓은 가슴으로 포용하는 안아버리는 그래서 누리는
기쁨입니다.
아름다운 소망입니다.
사슴뿐 아니라 사나운 칡범이라도 ......

폭포수 또 도도한 강물의 흐름을 체험할 수 있습니다.
읽고 뇌노라면 모르는 사이에 그 유려한 흐름에 그만 휩쓸려
버리고 맙니다.
반복하며 요동치는 이 시의 운율은 독특하고 탁월합니다.

그리고 순수한 우리말의 묘미를 잘 살려 기가 막힙니다.
"말갛게 씻은" "어둠을 살라 먹고" "이글이글" "앳되고 고운"
"달밤이 싫여" ......
문법으로는 "싫어"가 옳으나 "싫여"라 하므로 몸을 흔들며
싫다고 하는 모습이 보는 듯 떠오릅니다.

"늬가" "늬가사" "깃을 치다" 평상시 쓰이는 아주 평범하고
친숙한 말들을 시어로 격을 높였습니다.
70여 년 전 당시로는 한문 투의 글이 많이 남아 있을 때였
는데 놀랍습니다.

거기다 해 꽃 사슴 칡범 짐승, 이 말들이 소망(광복) 고운 사람 착한 사람 악한 사람 못된 사람들을 상징한 것이라면,
이 시의 표현 기술은 대단한 것입니다.

꿈과 소망으로 넘쳐 온몸을 들썩이게 하는 참 좋은 시입니다.
해는, 해는 떠오릅니다! 반드시 솟아오릅니다!
해야, 고운 해야, 해야 솟아라!!!

청록파의 세 분 시인은 모두 자연을 가까이하고 이를 읊어서
크게는 같아 보이나 살펴보면 나름의 빛깔이 있습니다.
박두진은 불끈 솟아오르는 아침 해의 눈부심,
박목월은 저녁달의 고즈넉하고 은근함을,
조지훈은 밤하늘의 별 은하수의 은은하고 섬세함을 보입니다.

축복의 시인 김춘수

꽃

내가 그의 이름을 불러주기 전에는
그는 다만 하나의 몸짓에 지나지 않았다

내가 그의 이름을 불러주었을 때
그는 나에게로 와서 꽃이 되었다

내가 그의 이름을 불러준 것처럼
니의 이 빛깔과 향기에 일맞은

누가 나의 이름을 불러 다오
그에게로 가서 나도 그의 꽃이 되고 싶다

우리들은 모두 무엇이 되고 싶다
나는 너에게 너는 나에게

잊혀 지지 않는
하나의 의미가 되고 싶다

- (1952)

좋은 시의 시인은 축복입니다.
좋은 시를 만나는 사람은 행복입니다.
행복한 마음으로 이 글을 적습니다.
이 시는 마음을 사로잡습니다.
누구에겐가 한번은 이 감동의 시를 적어 보내었으면
하게 합니다.
잠 못 이루는 밤 이 시를 몇 번을 고쳐 써서 보내고는
기다리는 마음은 절절하고 아름다울 것입니다.

그냥 꽃이라 아니 하고, 물론 저마다 마음에 떠오르는
꽃이 있을 터이나,
장미꽃 백합꽃 나팔꽃 ...
이렇게 하였다면 어찌 되었을까요?

지금 이 시의 감흥을 얻지는 못하였을 것입니다.
꼭 집어 하지 않고 두리뭉실하게 하여 사유할 영역을
넓혀놓았습니다.

이처럼 시에는 동양화가 그렇듯이
여백이 있어야 합니다.
읽고 듣는 이로 하여금 얼마쯤
상상의 나래를 펼 수 있게 하여야 합니다.
바로 시의 애매모호함입니다.

이러한 틈이 없다면 아무 멋없는 신문 기사나
물리 교과서가 되고 말 것입니다.

이 시는 은유와 상징으로 유난히 돋보이는 시입니다.
여기서 의 꽃은 사랑하는 연인이서나 가속 친구
정겨운 이웃 또는 하늘 아래 함께 숨 쉬는 땅 위의

어느 누구일 수 있습니다.

직설의 표현이 아니라 지극히 감성을 유발하는
아름다운 꽃을 내세워서 사람을 사로잡습니다.
은유와 상징은 시의 영역을 무한정으로 넓혀줍니다.
이제까지 그러했고 앞으로 수수 만 년 세월이 흘러도
이들이 있어서 시인들은 헤아릴 수 없이 많은
좋은 시를 지어 사람들을 감동케 할 것입니다.

명료하여 토씨 하나 흐트러짐이 없습니다.
시에서 이리 말하기는 좀 그러나 질서가 정연합니다.
논리가 뚜렷합니다.
그러나 읽고 듣는 이는 정작 눈치채지를 못하고 자신도
모르게 시의 분위기 시의 감성 감동에 마냥 빠져들고
맙니다.

불러주기 전에는 하나의 몸짓, 불러주어 꽃이 되고,
빛깔과 향기에 알맞은 이름을 듣고 싶고,
역시 꽃이 되고 싶고...
그리고 보니, 우리 모두가 서로 불러주고 불리고 싶은
마음, 그런 처지임을 명확하게 깨닫고...

수학 공식 같은 논리나, 거부감이 아니라, 오히려 그
감동의 물결에 그만 휩쓸려버리게 합니다.

이 시인은, 우리 삶의 맥을, 정곡을, 기막히게
잘도 짚었습니다.
그리고 그 진정성이 가슴에 와 박힙니다.

그래서 이 시는 두고두고 빛이 납니다.
더불어 살아야 하는, 혼자서는 안 되고,
서로 격려하며 위하며 살아야 하는,
우리 인생의 진리를 콕 찍어, 부드럽게 한 편의 시
로 형상화하여, 우리의 심금을 울리고 있습니다.

그때로는
한글 우리말의 맛을 잘 살려서 이 시는 더욱 좋습니다
.
이 시인은 축복의 시인입니다.
이제도 이 시를 뇌어보는 사람은
참으로 행복한 사람입니다.

애절함 그 카타르시스 - 이향아

가슴이 찡하고 눈시울이 뜨거워지는 시를 읽었습니다.
자신도 모르게 소리를 내어 뇌면서 울먹이면서 그리움에
깊이 빠져들었습니다.

부러웠습니다

요즘 어떤 시인이 시집을 냈는데요, 어머니
그는 자기 어머니랑 찍은 사진을 책의 맨 앞장에
넣었더라구요

나는 시는 읽지 않고 그의 어머니만 들여다보았어요
그의 어머니는 마냥 웃고 있었습니다
어머니도 웃고 아들도 웃고 그들은 행복해 보였습
니다

아들이 어머니 어깨를 감쌌는데
어머니의 좁은 어깨 위에 아들의 넙적한 손바닥이
얹혀 있었습니다

어머니

나는 부럽고 부끄러워서 깊이 꺼져 들었습니다
나도 진작 이렇게 할 걸
나도 어머니랑 찍은 사진을 책 앞에 낼 걸

한 번도 어머니가 없었던 것처럼
돌이킬 수 없는 후회로 울었습니다
나는 그 시인에게 편지를 썼습니다

좋겠소, 좋겠소, 당신은 좋겠소

훌륭한 시인이여, 어머니를 껴안고 사진을 찍어라
사진을 찍어서 시집을 내어라
편지를 쓰면서 다시 울었습니다

이런 감동의 시를 쓰고 싶습니다.
그래서
이 시가 어떻게 하여 이토록 가득 사로잡고서
마음을 울리는 지를 헤아려 보았습니다.

먼저는, 어머니라는 말 때문일 것입니다.
어머니는 늘 가슴을 젖게 하는 영원한 고향입니다.
쓰고자 하는 시의 내용 제재를 잘 선택하여야 정작
시는 성공합니다.
우리와는 전혀 상관이 없는 이야기를 아무리 늘어놔 보
아야
귀찮게 여겨지기만 할 뿐 도무지 시의 감흥을 일으키지
는 못 합니다.
읽어주기를 바라는 이들의, 될수록 많은 사람들의, 마
음의 정곡을 짚는 그런 내용 제재를 찾아 골몰하여야
합니다.

그리고, 이 시는, 아주 평이한, 너무 쉬운, 평상의, 일상의 말,

생활의 언어들을 감동의 시어로, 승화시켰습니다.

쉽게 읽혀서, 이슬에 젖어 자릴 잡아서, 은연중, 머리에, 마음에,

아련하면서도 또렷한, 하나의 이미지로 형상화하였습니다.

시의 이미지는 짐짓 시의 빛입니다.

여기는, 보고 싶고 그립고 사랑하고... 이런 말들은 전혀 없습니다.

그러나 이 시에는 어머니에 대한 그리움 사랑 아쉬움으로

그저 그득하고 절절합니다.

그러니 마음을 움직입니다.

시인은, 이처럼, 모름지기, 사전적 직설의 표현 낱말 어휘로

그쳐서는 안 되고, 반드시 시어로서의 표현 낱말 어휘, 비로

감동의 시어들을, 고심하여 찾고 이끌어내고 만들어

내야 합니다.

또, 이 시는, 대화의 방법으로, 지금 당장 어머니를 뵙고 마주 보고
손잡고 얘기를 들려드리는 듯 시어가 이어집니다.
쉽게 여겨지나 이것은 독특하고 이 시가 활기 넘치는 이유입니다.
절절한 심정 진솔한 심령의 고백이 이런 표현의 방법으로 마음을 파고듭니다.
절묘합니다.

이 시에는 아무런 기교가 없습니다.
그러나, 무기교 그것이, 도리어, 사실은, 고도의 기술이 되었습니다.
시인이, 의도하였든, 아니 하였든, 이 시에서는 그렇습니다.

한 점 티 없는 진솔 무구한 표현의 아름다운 결실을 봅니다.
이 시인의 저력입니다.
웃음은 우리에게 신묘한 힘을 줍니다.

힘들고 어려울 때에 희망과 용기를 얻게 합니다.
우리가 웃을 때에 신진대사 원활하고, 엔돌핀 다이돌핀이
생겨서, 우리로 건강하고 행복하게 합니다.
행복해서 웃는 것이 아니라 웃어서 행복하여진다는
말이 있습니다.

그런데 슬픔 눈물 애절함도 우리의 견디기 어려운 곤고
고통을 해소하여주는 위대한 힘
카타르시스가 있습니다.

대학을 다니던 청년의 때에 하루 종일을 울어본 적이
있었습니다.
말려도 말려도 도대체 그 울음을 그칠 수가 없었습니다.
눈물의 바닥이 나고 겨우 그친 뒤에는 가슴이 후련하고
하늘이 더 높고 더 넓고 더 푸르고 더 아름다워
보였습니다.

부러웠습니다

이 시를 읽으면서, 되면서, 낭송하면서, 이 시의 그 절절
하고 애절함이, 새삼 그때의 신비한 카타르시스를 얻게

합니다.

이 시는 앞으로 좋은 시창작의 늘 표본이 될 것입니다.

여러 가지로 이 시는 또 낭송하기에 참 좋은 시입니다.

신선한 기쁨 이상현의 시

우리 엄마, 앙트 레 비앙

우리 엄마는 캄보디아 출신
앙트 레 비앙!

동네 시장에 가면
여기저기서 엄마 이름을 붙잡습니다.

"비앙 이리 와!"
"싸게 줄게, 비앙!!"

엄마의 발길을 그냥 두지 않습니다.

"깎아주세요, 덤도 주실 거죠?!"
"그래, 그래!!"

엄마의 웃는 얼굴을 이기는 사람은
아무도 없습니다.

"살림 잘 한다, 비앙!!"
"딸도 참 예쁘구나, 비앙!!"

나물장수 할머니는 칭찬도 듬뿍 얹어 줍니다.
기분 좋은 우리 엄마, 앙트 레 비앙!

- 월간문학('13.5월)

반짝 빛나는 보석처럼 얼른 눈에 띄었습니다.
신선한 기쁨을 주었습니다.
시어들이 아침 이슬같이 맑고 곱습니다.
밝고 깔끔합니다.
평상의
쉬운 언어들이 포근한 정으로 안겨 옵니다.

"이름을 붙잡습니다"
"칭찬도 듬뿍 얹어 줍니다"

"이름" "칭찬"을
모양이 없는데도 짐짓 보고 만질 수 있는 물건이듯
형상화하여 표현을 실감 나게 하였습니다.

대화 형태는 시를 아주 생동하게 합니다.
역시 이 시의 특장입니다.

시원한 행과 연은 시의 분위기를 매우 상쾌하게
합니다.
구둣점을 거의 생략하는 것이 요즘의 시입니다.
그런데 이 시는 마침표 하나도 줄이지 않고 정확히
하였습니다.

위의 대화 형태의 효과를 확실히 살리기 위함일 터
입니다.
그리고 그 뜻은 정확하고 훌륭하였습니다.

직접 시인의 주장을 강조하는 또 권유하는 표현은

전혀 없습니다.

그저 현실에서 이루어지는 그대로를 차분히 기록하고 있을 뿐입니다.

그런데도 머리에 선명하게 그려지는 이미지, 정겨운 그림이 떠오릅니다.

다문화가정의 식구들을 격려하고 친화하는, 애쓰는 좋은 모습이 감동을 줍니다.

이 시는 어린이를 대상으로 합니다.

시가 순수할 때 큰 공감을 불러옵니다.

일반시의 경우도 이런 요소를 늘 마음에 두었으면 하는 생각입니다.

마음을 무겁게 하느니 위로와 용기를 주는 시, 희망 소망을 갖게 하는 그런 시가 좋을 것입니다.

시인 자신을 위하여서도 그렇습니다.

우리의 정서 봄날은 간다 - 손로원

봄날은 간다

연분홍 치마가 봄바람에 휘날리더라
오늘도 옷고름 씹어가며
산 제비 넘나드는 성황당길에
꽃이 피면 같이 웃고
꽃이 지면 같이 울던
알뜰한 그 맹세에 봄날은 간다

새파란 풀잎이 붉에 떠서 흘러가더라
오늘도 꽃 편지 내던지며

청노새 짤랑대는 역마차 길에

별이 뜨면 서로 웃고

별이 지면 서로 울던

실없는 그 기약에 봄날은 간다

열아홉 시절은 황혼 속에 슬퍼지더라

오늘도 앙가슴 두드리며

뜬구름 흘러가는 신작로 길에

새가 날면 따라 웃고

새가 울면 따라 울고

얄궂은 그 노래에 봄날은 간다

꾀꼬리 또는 걸쭉한 목소리로 뇌어도

이 노래 시는

우리의 가슴을 울립니다.

1. 우리의 정서를 기막히게 읊었습니다.

이 노래는 참으로 오래도록 낳이도 불려지는

노래입니다.

사연이 또 가락이 안쓰럽고 애절하고 아쉬워서 가슴이

저리고 아려옵니다.

그러면서도 이 노래를 부르고 부릅니다.

어쩔 수 없는 우리의 정서인가 합니다.

한을 새기면서 결코 주저앉지 않고, 오히려 여기에서, 늘 새로운 소망을 찾고 돋우는 것입니다.

2. 반복의 미학이 있습니다.

슬프고 서럽고 아릿한 비슷한 사연들의, 그리고 비슷한 시어

들의 반복으로 가슴을 울립니다.

봄날은 간다

애절한 똑 같은 말 같은 가락의 반복이 눈시울을 적십니다.

3. 직설의 표현이 아닙니다.

나는 슬프다. 나는 서럽다. 나는 아프다.

그리하지 않습니다. 다만 그런 사정을 주욱 늘어놓기만 합니나.

읽고 부르고 듣노라면 모르게 슬프고 서럽고 아파집니

다.
열아홉 시절은 황혼 속에 슬퍼지더라
여기서도 살짝 비켜서 갑니다.

4. 우리 말의 맛깔은 참 좋습니다.

옷고름 씹어가며
꽃 편지 내던지며
앙가슴 두드리며
서럽고 아쉬운 마음이 보이는 듯 잡힙니다.

5. 오래오래 불려질 노래입니다.

옛 어른들이 부르셨고 지금 우리가 부르고 뒤에 오는
이들도
어쩔 수 없이 부르게 될 것입니다.

시낭송의 최상은 노래입니다

시낭송 어찌하면 좋을 것인가 궁구하게 되었습니다.
물론 시 짓는 일, 낭송하는 일 심혈을 기우려야겠다
는 것과 시낭송의 최상은 노래이어니 하게 되었습니다.
이제까지의 훌륭한 시들이 가곡 – 노래에 이르게 된
사정들을 살피게 되었습니다.
이는 분명 시낭송의 한 부분일 것이요 아주 중요하다
여기는 터입니다.

친구여

꿈은 하늘에서 삼사고 추억은 구름 따라 흐르고
친구여 모습은 어디 갔나 그리운 친구여

옛일 생각이 날 때마다 우리 잃었던 정 찾아
친구여 꿈속에서 만날까 조용히 눈을 감네

기쁨도 슬픔도 외로움도 함께 했지
부푼 꿈을 안고 내일을 다짐하던 우리 굳센 약속 어디에
꿈은 하늘에서 잠자고 추억은 구름 따라 흐르고
친구여 모습은 어디 갔나 그리운 친구여

기쁨도 슬픔도 외로움도 함께 했지
부푼 꿈을 안고 내일을 다짐하던 우리 굳센 약속 어디에
꿈은 하늘에서 잠자고 추억은 구름 따라 흐르고
친구여 모습은 어디 갔나 그리운 친구여

너무나 잘 알려지고 좋아들 하는, 하지영의 노래 시
입니다.
외우며 뇌며 흥얼거리고 듣고 부르며 가슴이 젖습니다.
이 시에서 시낭송을 헤아려 봅니다.

낭송에 좋은 시

우선 쉽고 친근하여야 합니다.

낭송하는 동안 휠이 얼른 와서 흠뻑 감동해야 하는데,
정작 어려워서 이러저러하다 보면, 멋없이 낭송은 끝이
나 버려, 그만 쑥스러울 밖에 없게 됩니다.
친구, 늘, 잠, 추억, 모습, 그리운, 옛일, 생각, 잃었던,
정, 만날까, 조용히, 눈을 감네, 기쁨, 슬픔, 외로움, 부푼,
내일, 다짐, 우리, 굳센 약속, 어디에 ...
하나같이 친근하고 쉬운 낱말 어휘들입니다.

기쁘고 슬프고 외롭고... 우리의 감성을 울리는 내용의 시
이어야 합니다.

기쁘면 좋으나 슬픔 눈물에도 또... 견디면 대단한
카타르시스가 있습니다.

가끔 모자란 듯 유치하기도 하여야 합니다., 순진하고
순수하여야 합니다

꿈은 하늘에서 잠자고
추억은 구름 따라 흐르고
소년 소녀들이나 나눌 솜 유지한 표현입니다.
그러나 아무도 토를 달지 않습니다.

오히려 되뇌게 됩니다

스토리가 있고 그럴 사 하여야 합니다.

여기, 친구를 그리워하는 애절 절절함이 아주 딱입니다.
가슴을 울리는 이야기를 담았습니다.

점점 더 감성을 올려주는 표현의 시이면 좋습니다.

위의 시가 그러합니다.

시낭송이 노래에 이르면 최상입니다.

저도 모르게 흥얼거려 노래가 되는 시
바로 낭송에 좋은 시입니다.
이런 시를 지어야 하고 골라야 할 것입니다

시낭송의 효용 요령

시낭송은 문학의 좋은 한 장르가 되었습니다.

그 자리는 점점 더 굳어지고 있습니다.
어쩔 수 없는 추세입니다.
삭막한 세상에서 시를 짓고 외우고 낭송하며 노래를
듣고 부르며 우리는 행복하여야 합니다.

요즈음 문학치료 얘기를 많이 하지요. 옳습니다.
담아두고 꿍꿍 앓지 말고
울울한 속을 털어 버려서 결코 그르치는 일은 없어야
합니다.

시낭송은 그래서 훌륭한 처방입니다.

낭송에 좋은 시가 좀 유치하고 순진 순수해야 하듯

시낭송 역시 유치하고 순진하고 순수해야 할 필요가
있습니다.

이러면 시낭송은 스며서 가슴을 촉촉이 젖게 할 것
입니다.
쑥스러워 수저수저하지 말고 적극적이고 짐짓 아이
와 같아야 합니다. 어느 나라에서처럼 입니다.

이러다 보면 감동으로 몸을 떨게도 될 것입니다.

감동하면 우리 몸에서는 엔돌핀 4000배의 다이돌핀
이라는 호르몬이 솟아 나와서 모든 질병을 예방하고
엄청난 치료의 효과를 거두게 된다 합니다.

친구여

이 노래로 많은 사람들의 가슴을 울리고 다독여 주는
귀한 두 분이 있습니다.
같은 노래라도
조용필이 달 아래 흐르는 강물의 애잔하고 애절한 호소
라면
박인수는 온 산을 흔들어놓는 산울림의 애타고 절절한
외침입니다.
시낭송도 이와 다르지 않다 여겨집니다.

같은 시라도
깊이 헤아려 나름의 시낭송을 성성으로 해야 할 것입니다.

먼저는 자신에게 감동이요 기쁨이요 다른 이들과 더불어

행복을 맛보게 될 것입니다.

시낭송을 정성으로 하고 여기에 감동하려는 우리는 정말
복 받은 사람들입니다.

친구여!

낭송해 보십시다!
노래도 불러 보십시다!
분명 행복하고 건강해지실 것입니다!

절망을 딛고 일어서게 하는
– 브래든 글레이업

날 세우시네(You Raise Me Up)

나 지치고 내 영혼 연약할 때 근심 속에 내 마음 무거워
주 오셔서 함께 하실 때까지 나 잠잠히 주님을 기다려
날 세우사 저 산에 우뚝 서리 날 세우사 풍랑 가운데도
함께 하심 나 강하게 하네 날 세우사 모든 것 할 수 있네

열망 없는 그런 삶은 없으리 끊임없이 고동치는 가슴
주 오셔서 경이로 날 채우고 영원한 삶 나에게 수시네
날 세우사 저 산에 우뚝 서리 날 세우사 풍랑 가운데도
함께 하심 나 강하게 하네 날 세우사 모든 것 할 수 있네

Londonderry Air (아 목동아)(Danny Boy)
(북아일랜드 국가)에서 편곡하였고
이 아일랜드 출신 소설가 브랜든 그레이엄이 자신의 소설
The Whitest Flower(새하아얀 꽃) 속 애절한 연인들의
이야기를 적은 것이라 합니다.
이 노래는 2002년 뉴욕 테러 피해자들을 위한 1주기
추모 모임에서 처음 연주되었고 심금을 울려 아주
유명하여졌습니다.
많이, 좋게 불려져서, 연인들의 사랑의 노래가, 훌륭한
신앙의 시로 찬양 복음성가로 승화되었습니다.

2. 번역은 또 하나의 창작입니다.

어찌하느냐에 따라서 작품이 훌륭히 살아나기도 하고
전혀 그러지 못하는 경우도 있습니다.
우리의 말로 번역하는 경우 우리의 정서와 어우러져
시어들이 자연스러워야 감동할 수 있습니다.
그동안 이 노래 시의 번역이 여럿이었으나 위에 적은
것이 좋았습니다.

이 번역의 중요하고 잘된 몇을 꼽아 봅니다.

"You Raise Me Up" 여기에서의 "You"의 번역입니다.

지은이의 소설 속의 주인공으로서는 상대인 연인이 됩니다.

독자로서는 사랑하는 연인일 수도 친구일 수도 남편이요 아내일 수도 있습니다.

다른 가족이나 친척 친지일 수도 있겠습니다.

어느 분에게는 전능의 하나님이 되시기도 할 것입니다.

위에서는 주님이라고 번역하였습니다.

시어의 애매모호성을 생각하게 합니다

"When I am on your shoulders" 여기의 "on your shoulders
(어깨)"

어색하기 쉬우나 부드럽게 "함께 하시면 – 함께 하심"으로 참 잘 번역하였습니다.

"To more than I can be" 모든 것 할 수 있네
좋은 번역입니다.

뜻을 알리는 데(직역으로) 그쳐서만은 안 되고 시어로서

편안하고 참 그렇구나 해야 합니다.

3. 간절하면서 은유가 있어서 성공한 시입니다.

어려워서 절박할 때에 누구나 겪을 법한 마음의 맥
그 핵심을 짚었습니다.
더없이 낮아져서 온몸으로 영혼으로 간절히 호소하고
신뢰하고 감사하는 내용입니다.
뇌며 외우며 부를수록 더욱 절절해집니다.

"저 산에 우뚝 서리" "풍랑 가운데도 함께 하심 나 강하
게 하네"
은유입니다.
그만큼 굳센 의지 희망 소망으로 거칠 것이 없다는 것입
니다.
모든 것을 다 할 수가 있습니다. 어떤 어려움이 있더라
도 입니다.

4. 시어들이 아주 쉬워서 얼른 가슴에 와 닿습니다.

소통은 어려워서는 쉽지가 않습니다. 속을 툭 털어놓을

때에

쉬이 이루어집니다.

아기가 어머니를 조르는 것처럼이면 좋을 것입니다.

시낭송에는 더욱 그러합니다.

또 간절할 때에 이러구러한 말들은 줄어들기 마련입니다.

5. 시낭송은 노래 부르듯 해야 좋습니다

시낭송의 최상은 노래입니다.

"날 세우시네(You Raise Me Up)"

시를 낭송하듯 이 노래를 불러보고 싶습니다.

낭송을 마음에 두고 하는 노래의 맛은 어떠한지 한번 시도해 봄 직합니다.

나름 가슴에 두시는 분을 기리며 언제든 어디서든 부르셔서

위로와 소망을 또 용기를 얻으시면 합니다.

그리하실 수가 있습니다.

날 세우시네
You Raise Me Up

Words & Music by
Rolf Loyland & Brendan Graham

정란희 시인의 『작은 걱정 하나』를 읽고

정란희 시인은
다스운 봄의 시인입니다.
겨울을 겪고 견디고 이기고서 마침내 고운 소망을 일구어
내려는 맑고 밝은 아침 햇살의 시인입니다.

'얼었던 계곡의 물들은 녹아 신이 나서 아래로 아래로
흘러 갑니다'
시인은 벌써 '꽃이 되어 봄이라는 이름을 달고 산 아래에
서' 있습니다.

누리에 살가운 꽃들을 가득 피우고 싶은 것입니다.
몸살감기 반란 쓸쓸함 변명 거짓 오해 걱정 고뇌 슬픔 울분

주검... 이런 겨울의 그림자들과 더불어 살면서도 미상불 봄의 깃발을 치켜드는 시인의 올곧은 긍정의 자세에 뜨거운 박수를 보내지 않을 수 없습니다.

시인도 사람인지라 삶의 고개와 벼랑에서 숨 막히는 절망 좌절을 어찌하겠습니까!
그러나 이를 견디고 이기는 시인이 있어서 세상은 살만한 것입니다.
사는 모습 그대로를 그렸습니다.
그래서 나의 이야기인 듯 함께 웃고 걱정하고 갈망하는 친숙한 시들입니다.

아버지 어머니 아들 고향 하늘 나무 꽃 나팔꽃 새 나비 풀밭 달팽이 물고기 까꿍이(반려동물)... 면도기 자동차의 기계장치 아스팔트 전신주... 주식 이해 평화 겸손 촛불...
보이고 들리고 만져지고 스치고 느껴지는 모두가 다사로운 시들이 되었습니다.

이 시인은 결코 호들갑을 떨지 않습니다.
오히려 조용하고 평범한 아주 예사로운 시어들입니다.
그러면서도 놀라운 표현으로 감동을 줍니다.

그것이 더 마음을 사로잡습니다.

'음계 하나가 침묵을 깨고 뛰어오르고'
'제 몸을 태워 빛을 토해내는 태양'
'가을꽃이 여름에 성큼 들어와 길을 잃고 먼발치에서
서성이고 있는'
'햇살이 따스한 날 나지막한 담장 아래 행복을 뻥 튀겨
드립니다'
'이른 아침 태양을 토해내며 바다는'
'나의 시간들은 자꾸만 머뭇거리고'...

의인 은유 활유... 자연스레 풀어서 시를 살아 움직이게
합니다.
그리고 발에 차이는 돌멩이 하나에게도 생명을 불어넣
어 숨을 쉬게 합니다.

'눈을 감으면
마음으로 난 길이 보인다
멈춰있는 것들에서 생명이 숨쉬고
시들이
바람 한 자락으로 펄럭인다

보이지 않아
자꾸만 발아래 차이던
돌멩이가 살아나
너의 기쁨이 나의 기쁨이라 한다'
('마음의 길' 일부)

'작은 걱정 하나'
새로운
소망을 일구는 힘찬 발걸음입니다.

정란희 시인은
다스운 봄의 시인입니다.
맑고 밝은 햇살이 풍성한 여름을 잇고 가을에는 열매를
거두고 추운 겨울을 견디고 이기게 합니다.

끊임없이 생명의 길로 가고 가게 하는
행복의 시인입니다.

꿈, 소망의 시인 송영조
- 민들레 동인 시집 『사랑 나무』를 읽고

이 시인은 꿈의, 소망의 시인입니다.
그리고 그 꿈과 소망을 위하여 끊임없이 고심하고 애
쓰고
때로는 주저앉을 듯 걱정스럽다가도 기운을 내어서, 그 뜻
이루는 일을 결코 멈추지 않습니다.

여리고 여려서 애틋하여 안쓰러운데 새삼 이어지는
강인한
힘이 안도의 숨을 쉬게 합니다.

다루는 이야기가 다양하고 넓고 깊고 진지합니다.

신변의 소소한 일, 사는 일, 인생의 깊은 고뇌, 자연, 시인의
눈길 닿지 않는 것이 없습니다.

시어의 선택에는 발군의 저력을 보입니다.
기발하고 새롭습니다.

"기억은 빗줄기를 타고 대롱거린다"
"기억의 자락" (비람 끝으로)
기억은 마음속 머릿속의 일이라 볼 수도 만질 수도
없습니다.
그런데 확연히 보고 만질 수 있도록 빗줄기를 타고
대롱거리고 있습니다.
옷자락처럼 보이고 만져집니다.

"시간의 자락"도,
"희망의 입자"도
마찬가지입니다.

"바람잡이 유람선이/트림하고 노망가는" (아지랑이)
유람선이 "트림을 하고" 얼마나 재미있습니까?

살아 움직이는 시어들입니다.

이 삭막한 세상에서, 이 시인의 화원에서는, 꽃들의 잔치가 있고,
민트향 허브향이 가득, 봄의 소나타가 한창입니다.
(라벤더 화원)

그러면서도, 이 시인은 여기에 안주하지 않고, 끊임없는
도전과 번민을 반복합니다. (물 따라 길 따라)
치덕치덕 들러붙는 시련에 옥죄는 신경줄 (천칭),
숱한 분노와 서글픔이 깔린 자욱한 안개 속에서도 불을
밝히는 어미의 등불이 있습니다. (금빛 명함)

이러면서, 불안과 두려움, 잃어버린 시절의 아쉬움을 털어낼
수가 없습니다. (두려운가) (잃어버린 시절) (가로수)

그러다가, 결국은, 이 시인, 침묵하면서 모든 것을
통과시키는 자연의 섭리를 깨닫게 됩니다. (자연이다)
그리고, 의연한 자세로, 더 좋은 화원을 향하여,
예의 꿈과 소망의, 불굴의, 밝은 행진을 계속합니다.

민들레 동인 시집 "사랑 나무"에 실린 송영조 시인의
열 편의 시는,
아름다운 삶을 궁구하고 애쓰는 한 시인의 이야기일 뿐
아니라,
우리 모두의 세상 사는 이치를 깊이 생각하게 하고
깨닫게 합니다.
이렇게 해서 시인은 아둔한 세상의 좋은 길잡이가
되고 있습니다.

하얀 표지의 시집 하얀 이야기

아무 꾸밈없는 하얀 표지의 시집을 받고
가슴 뭉클하였습니다.
경력 풍부한 전민정 시인이어서입니다.

시인의 겸허한 마음을 읽었습니다.
새로운 다짐의 소리를 들었습니다.

세족식

예사로운 일이나
어느 계기에서의 손발 씻는 일은 아주 경건하고
엄숙한 의식입니다.

양귀비꽃

주홍빛 고난의 눈물
저 *끄트머리*에
당신이 있음을 몰랐습니다

짓밟고 가버린 허기진 영혼
아픈 가슴 허전한 자리에
침묵하는
당신이 있음을 몰랐습니다

아픔이었을 숨결
쇠잔한 생이
꽃으로 피어날 때
당신께서 보여주신 사랑

죽어야 다시 사는 진리를
나 이제야 알았습니다

곱디고운 은유의 시! 애틋한 신앙의 고백!

시인은, 사는 이치 신비론 비밀을 뜨겁게
깨우쳐 줍니다!

나는 누구인가요?

나는 잘 있습니다
빌딩 숲 사이로
한강도 잘 흐르고 있습니다

어머니의 빛바랜 사진 속에
사 남매와 함께 웃는 모습 뒤로
장충동 남산도 잘 있습니다

그러나 홀로 남겨진 지금
아니 떠나보낸 지금
나는 오늘 누구인가요

생애의 어디쯤에선가
미처 알 수 없었던 고요
당신이 내 안에 가득 채워준 사랑으로

이렇게 참아내며 살고 있습니다

살다 보면 세상은 그대로인데, 정든 이들 멀어,
마냥 그립고, 홀로이구나! 깊은 상실의 늪에서
나는 누구인가요?!
물을 수가 있습니다.
그동안
가득 채워준 사랑으로 참아내며 살고 있습니다.
어머니의, 하나님의 사랑을 헤아리면서요.

너는 내 것이다

조용하다
일제히 말문을 닫은 자들이
연하게 와서 조용히 앉는다

삶 앞에서 갈등한 시간
가슴은 깊은 수렁에 빠져
몇 번이나 추락하고 있는데
뚜렷하게 들려오는 소리

"내가 너를 구속하였고
내가 너를 지명하여 불렀나니
너는 내 것이라"

시간 속에 깃든 고요
정수리 위로 내려앉는다

네 손 잡아 주리라 그 말씀 믿고
상처투성이인 세상을 향해
자리에서 일어선다

하늘의, 영혼의 소리를 듣고 아뢰매, 상처투성이 세상에서,
전민정 시인은, 진실로 빛나는 축복의 시인입니다.

이런 시인이어서 시집 "하얀 이야기"에서의 시들은 소망이
있고, 곱습니다! 아름답습니다!
방황하는 이들에게 위로와 기쁨이 될 것입니다.

바코드

몇 번을 곱쳐 읽으며 무릎을 칩니다.

옳거니 머리를 주억입니다.
그냥 지나칠 법도 하나 나란히 누운 생선들을
보고, 시인은, 은유하여 사는 일을 살피고 새겨
깊이 궁구합니다.
해피포인트!
그렇습니다! 행복하여야 합니다!

돌탑

친구를 그리는 시인의 모습이 참으로 곱습니다,
돌탑 위에 그리움의 돌을 시인의 마음을 얹습니다,

오리가족

시낭송은 문학의 분명하고 아름다운 장르입니다.
이 시는 낭송하기에 매우 좋은 시입니다,
감동의 이야기 그리고 재미가 쏠쏠할 뿐 아니라
점층의 흐름 리듬이 있어서 좋습니다.

시인늘은 할 수 있는 대로 낭송을 마음에 두고서,
앞으로, 시를 지어야 할 것입니다.

좋은 시의 낭송은 우리로 기쁜 환상의 날개를 펴게
하기 때문입니다.

쓰레기통

청춘

따뜻한 저녁

어떤 그림자

그럼에도 불구하고

움직여라

가야 하는 곳이 어딘들

블루마운틴

울타리

절반의 행복

가벼운 추락

나에게로 열린 문

먼 곳은 항상 마음에서

바람의 비밀

나를 찾아서

비바체

누구나 한 번쯤은 섬을 꿈꾼다

가을의 벤치

바다 위 하늘길

물이 그리는 자리

버리고 사는 것

당신은 내게 그런 사람

붉은 미련

숨 고르기

찻잔에 띄우는 고요

고독의 값

목숨을 연주하며

시재 다양하고, 은유 탁월, 시어들이 맛깔스럽고 유려
신선하여, 마음을 휘어잡습니다.
깊은 사유로 번민하면서도 마침내 밝은 길을 찾아내는
원숙한 시인의 시세계에 더없이 기뻐하며 감사한 소회
를 적습니다.

기발한 은유의 시 - 이윤수

밥그릇

다
퍼
주
고
도
웃는
사
람

- (한국문학인 2015 가을호)

이 시를 읽으며 세 번 놀랐습니다.
한번은 이것을 시라고 생각하여 지었다는 데에
두 번은 이것을 문예지에 발표하려고 내놓은 일
세 번은 이 시를 우리나라 최고의 문인협회 발간 문예지
에서 덜렁 실었기 때문입니다.

이 시는 분명 훌륭한 시입니다.

하루가 다르게 움직이고 모양을 바꾸는 세상에서
시 또한 이런 변화를 품을 수밖에 없습니다.
늘 새로워야 하고
그러면서도
이러저러하게 고심하지 않고 얼른 휠이 오고
마음에 똑 떨어지게 새겨질 그런 시가 필요한 때에
이 시가 그 일을 한몫 해내어서입니다.

밥그릇 = 사람

기발한 은유입니다.
있는 것 다 퍼 주고도 허허 웃는 사람
어려운 세상에서 얼마나 흐뭇한가요!

빈 밥그릇을 가만 살펴보니 그리 생각해서인지
너그러이
웃는 듯 보입니다.

다퍼주고도웃는사람

이렇게 가로로 하면 그냥 지나칠 수도 있는 것을

다
퍼
주
고
도
웃는
사
람

세로로 하여
한 자 한 자
숨 쉬며
새겨읽으므로

그 뜻을 깊이 헤아리게 하려는 시인의
마음을 짚을 수가 있었습니다.

웃는

이라 하여 단조로움을 던 것도
좋았습니다

낯설고 아주 짧으나
참 훈훈한 시입니다.

천재 시인 이상을 떠올렸습니다.

번역은 창작입니다

같은 사람의 언어인지라 여기나 저기나 그 뜻이 전혀
다를 수는 없습니다.
그러나 나라마다 사는 모습이 생태적으로 차이가 있고
지역에 따라 나름의 독특한 숨결이 있어서 막상 다른
나라의 것으로 옮기려면 말의 빛깔과 맛에 얼마의 간극
이 있는 것은 어쩔 수 없습니다.
똑 떨어지게 맞출 수는 없을 것입니다.

다만, 거의 가깝게 최대한의 노력은, 반드시 있어야
합니다.
요즈음 세계의 유명한 시인들이, 죄송하나,
아주 홍역을 치릅니다.

눈에 불을 켜고 살피고 훑고 후비고 도무지 허술히
지나치지를 않습니다.
자르고 파고 깎고 채우고 다듬고 때로는 몽땅 흩으러
새로 세우고 꾸미고 하여 본래의 모습이 형체도 없이
되기도 합니다.

그러나 시인이 의도하였던 정신을 결코 놓치지 않으려
애쓰고 애씁니다.
시인이 사용한 말의 빛깔과 맛을 면밀히 가늠해 봅니다.
그러면서, 조금이라도 더, 우리나라의 정서 우리말에
맞도록 잠을 설치며 찾고 고르고 몰두합니다.

이렇게 하여 옮긴 시는, 만족하면, 남모를 희열로
넘칩니다.

놀라고 괘씸히 여기던 시인들도 웃으면서 이제는 반기고
애썼노라 손뼉을 치며 칭찬해 주리라 믿습니다.
사람들은 감동의 시를 외우며 빛나는 시인들의 이름을
두고두고 기억할 것입니다.

번역이 창작이라는 말은 정말로 옳습니다.

시를 짓는 일보다 더 많은 더 큰 정성의 열매이기 때문
입니다.

대개 서구의 시는 너무 세밀하여서 응축의 묘를 찾아야
할 때가 많이 있습니다.
맛을 내려고 시의 연을 늘리는 것은 또 다른 일입니다.

좋은 시 한 편을 옮겨 봅니다.

William Butler Yeats의
The Lake Isle Of Innisfree!

이니스프리 섬

일어나 가리라
저 이니스프리 섬으로

흙과 나무로 오두막 짓고
아홉 이랑 콩 심고 꿀통을 놓고
벌들 윙윙대는 숲에서 살리라

거기서 누리리니

평안은 고요히

귀뚜라미 소리와 함께 오리라

밤에는 아슴하나

낮에는 눈이 부시네

저녁에는 방울새 날아오리

일어나 가리라

호숫가 물소리 하루 내내 들리는 곳

어디서든 가슴으로 그 소리 들으리라

The Lake Isle Of Innisfree

I will arise and go now, and go to Innisfree,

And a small cabin build there, of clay and wattles

made:

Nine bean-rows will I have there, a hive for the

honeybee,

And live alone in the bee-loud glade.

And I shall have some peace there, for peace comes dropping slow,

Dropping from the veils of the morning to where the cricket sings;

There mIdnight's all a glimmer, and noon a purple glow,

And evening full of the linnet's wings.

I will arise and go now, for always night and day

I hear lake water lapping with low sounds by the shore;

While I stand on the roadway, or on the pavements grey,

I hear it in the deep heart's core.

전해주 화백의 전시회

생성 공존 희망 (비구상)

처음 하늘이 열리고 모두를 셀 수
없었습니다.
알기도 하였으나 모르는 일이 훨씬
많았습니다.

수수수 만 년 지나면서 쌓이고 쌓여
안다고 하면 사실은 거의 가 다 거짓
입니다. 눈곱만큼 알면서...
차라리 모른다 해아 모두가 옳습니다.

예사로운 그림에 감동 감탄하였으나
기막힌 뜻의 그림들을 보고 들으며
옳거니! 무릎을 치면서 다른 말은
못 하였습니다.

바로 지금도 여기저기 일 많이 벌어지고
있고요, 알아차리는 일보다는 모르는
일들이 더 입니다
참, 신기합니다.

더욱이 어느 모르는 힘에 더불어 그저
잘들 돌아가고 있습니다.
오늘처럼 내일도 모레도 그럴 것입니다.
신비론 희망입니다.

이번
월드엑스포인서울2023
전 화백의 전시는
결단코, 대박! 성공입니다!

아름다운 노래는 좋은 시입니다.

그리고
그림으로 지은 시라는 말을 가끔
듣습니다.
아름다운 그림 역시 좋은 시이고
비구상은 좀 어려운 시입니다.

디카시 그리고 카톡시

디카시가 나온 지 20년이 거의 되었습니다.
교과서에도 실리고 큰 몫을 하고 있습니다.
공헌한 시인들에게 뜨거운 박수를 드립니다.

그런데, 그동안 스마트폰의 놀라운 발전으로
별도의 디지털카메라 없이 이 일을 할 수 있게
되었습니다.

자연은, 세상은, 마음을 비우면, 모두가 시!
아름다운 예술입니다.
우리에게 늘 감동을 주고 감탄하게 합니다.
어느 순간 떨리는 기쁨으로 한 장면을 잡고

거기에 영감의 시를 곁들일 땐 짜릿한 힐링
을 누리게 되고 이걸 감상하는 이들도 함께
그리할 수 있을 것입니다.

요즈음 초등학교 어린이에서 어르신들까지
언제 어디서나 스마트폰에 아주 열심입니다.
문학치료라는 말이 있습니다.
사회의 여러 발전 한 편으로는 이런저런 많은
그림자들도 있습니다.
좋은 시가 건강에 큰 도움 되리라 여겨집니다.

스마트폰으로 주고받는 시를 카톡시라고 불러
봅니다.
전달의 효과 대단할 것입니다.
연구 발전이 긴요하고 기대하는 바도 큽니다.
이 시는, 먼저
긍정의 밝은 내용이어야 합니다.
바쁘고 긴장된 생활 속에서 잠깐 들여다보는
글이, 시가, 불끈 용가와 소망을 주고 돋운다면
얼마나 좋은 일입니까!
정곡을 짚고 간결 명쾌해야 합니다.

이러구러 변명의 여지가 없는 공간이어서입니다.
사진은 물론 시와 함께 생동감이 생명입니다.

자료는 보고 듣고 만지고 느끼고 겪는
모두입니다.
무한합니다
특별한 경우 말고는 다른 기기의 도움 없이
스마트폰 하나만으로도 다 할 수가 있습니다.

스마트폰을 지닌 누구든지 창작하고 감상하고
감동! 건강해서 행복할 수가 있습니다.
카페 메일 메세지 카카오스토리 단톡방 모두와
공유할 수 있습니다.

제2부

시를 살핍니다

물의 섭리를 배웁니다

물의 노래

물처럼 살아라 한다
맛도 모양도 없는
물과 같이 살아라 한다
아래로
아래로
밑으로
밑으로
머리사 마냥 숙으리고
밑으로

밑으로

아래로

아래로

시궁창

하수구

별의별 험한 곳 가리지 않아

눈곱만큼의 자존도 없다

세모면 세모

네모면 네모

둥글면 둥근 대로

온갖 몹쓸 것 다 싸안고

때로 흉흉한 소용돌이

천 길 폭포수

산산이 부서지는 아픔

그러나 몇 만 년을

숲은 역시 푸르르고

바다의 가슴은 넉넉하다

물과 같이 살아라 한다

모양도 맛도 없는

물처럼 살아라 한다

우리가 살고 있는 이 지구는, 그 많은 섬들을 포함하여
육지는 겨우 1/3밖에 안 되고,
나머지 2/3, 70%가 바다로, 바로 물로 되어 있고,
우리의 몸 역시 2/3가 수분으로, 거의가 곧 물로, 되어
있다 합니다.

결국 우리는 물의 세상에서 살고 있는 것입니다.
그러니 우리의 역사는 기실 물의 역사라 할 수 있습니다.
이 세상에서 물이 한 방울도 없이 말라서,
아주 없어지는 날, 우리 인간의 역사도 마침표를 찍게 될
것입니다.

그러므로 우리가 물의 섭리를, 물의 원리, 물의 순리,
물의 이치를 헤아려 보는 것은, 지극히 당연하고
현명한 일입니다.

우리가 "물의 노래"를 부르는 것은, 그 뜻이 참으로 깊다
하겠습니다.

아무쪼록, 겸허하고 너그러우며 그러나 위대한 힘을 발휘
하는 물!

그러면서
한없이 풍요로운, 이 물의 축복이 여기 우리에게 넘치
기를,
간절히 소원합니다.

시에 있어서 반복법은 감동적인 표현미를 살리고 의미
전달을 명확히 하며
흥을 돋우고 리듬을 고르게 조화시키는 효과를 얻게
합니다.

반복법은,
동어반복(같은 말의 반복)
유사어반복(비슷한 말의 반복)
동의어반복(같은 뜻의 말 반복)
이어반복(다른 말의 반복)
도치반복(말의 순서를 바꿔서 하는 반복)
수미동어반복(처음의 말과 끝의말을 같게 하는 반복)
들이 있습니다.

이 시는 이런 반복법을
다양하게 구사하고 있습니다.

첫 줄에 "물처럼 살아라 한다"

끝줄에 역시 똑 같은

"물처럼 살아라 한다"입니다.

수미동어의 반복으로 시인의 요지부동 확고한 마음을

나타내고 시의 흐름을 아주 좋게 하였습니다.

앞쪽의 둘째 줄 "맛도 모양도 없는"을

뒷쪽의 둘째 줄 "모양도 맛도 없는"으로

앞

"물처럼 살아라 한다/맛도 모양도 없는/물과 같이

살아라 한다"였으나

뒤

"물과 같이 살아라 한다/모양도 맛도 없는/물처럼 살

아라 한다"로 변형 반복하므로써

시의 맛을 한층 더 내었습니다.

동어반복 동의어반복 유사어반복 이어반복 수미동어

반복

도치방법이

여기서는 복합적으로 작용하고 있습니다.

"아래로 아래로" "밑으로 밑으로" 동어반복 유사어반복을
거듭하여 물 흐르는 모습을 생동감 있게 하였고,
가로로 기다랗게 시어를 배열하지 않고
밑으로
시어를 짧게 나눠서 늘어뜨리므로 물의 밑으로 지향하는
겸양의 속성을 시각적으로 표현하여 얻는 효과도 크다
하겠습니다.

평상의 쉬운 언어들로 되어 있습니다.
시는 좀 어려운 것이 아닌가 하는, 그래서 일부러 그리
애쓰는 이들도 있습니다.
그러나 쉬운 언어로 감동시킬 수만 있다면 구태여 고심
하며 어려운 말을 찾아 힘을 들일 필요는 없을 것입니다.

골머리를 앓기 위하여 시를 가까이하는 것은 결코 아닌
때문입니다.
뿌듯하고 가슴이 젖어 두고두고 감동을 얻게 하는 시
그런 시를 갈망하고 이에 맞는 시어를 찾고 갈고 다듬
어야 옳습니다.

여기서, 어휘 낱말 표현이라 아니 하고, 굳이, 평상의

쉬운 언어라 한 것은, 글에 있어서,
더욱이 시에 있어서,
대화의 형태는 생동감을 주는 참 좋은 방법임을 강조
하려 함입니다.
이 시 역시 그 보기의 하나입니다.

그러나 응축이 시의 생명임을 늘 명심하여야 합니다.

'산산이 부서지는 아픔' '바다의 가슴은 넉넉하다'
감각의 또 의인 활유의 표현 방법은 시의 형상화에
또 감동에 참 좋은 몫을 합니다.
시를 살아 움직이게 합니다.

표현기법의 연구는 꾸준하여야 합니다.

'- 처럼, - 같이' - 직유는 요사이 잘 안 쓰는
표현입니다.
할 수만 있으면 이런 표현은 삼가는 것이
좋습니다.
시의 맛을 덜하게 합니다.

그러나 이 시에서는 어쩔 수 없었습니다.
알면서도 이럴 수밖에 없었습니다.

이 시에는 리듬이 있습니다.
물 흐르듯 합니다.
미미한 시작에서 도도히 흘러 바다에 이르는,
점층적으로 내용이 무게를 더해가면서 리듬 또한
점점 더 세어집니다.
리듬을 탈 때에 시는 훨씬 더 감동을 줍니다.

물은 아무리 어렵고 힘들어도 거칠고 흉흉하고 몹쓸
곳일지라도 산산이 부서지는 아픔을 견디면서 나아
가고 끝내 좌절하지 않습니다.
그러면서 생명을 얻게 하고 지탱하여 누리게 하고
역사를 이루어내도록 하고 맙니다.

숨을 가다듬고 이 노래를 한번 크게 뇌어보십시오.
겸허하나 위대한 물의 힘을 느껴 보십시오
조금이라도 이를 나타내어 보고 싶었습니다.

여기의 물은 은유 메타포입니다.

물을 내세워 사실은 자신의 속마음을 표현한 것입니다.
물의 노래!
바로 자신의 노래입니다.
이런 노래를 부르고 싶은 열망으로 가득해, 설사 이룰 수 없을지라도 소원은 마냥 그저 간절합니다.
자작시 해설은 짐짓 떨리는 고해성사입니다.

새롭고 더 좋은 시 또 더 좋은 삶을 찾고 얻으려는, 겸허한 자기반성이요 치열한 자기 수련입니다.
그러므로 자만이나 자기 비하에 빠져서는 결단코 아니 될 것입니다.

다만, 반성은 좌절에 빠지려는 것이 아니고 오히려 힘을 내어 앞으로 나가기 위한 노력이므로, 끊임없이, 잘못된 것을 보고 알게 되면 바로바로 고치고 더 좋은 방법을 찾고 다듬고 개선하고 새로 만들기도 하여, 해설하는 과정을 거쳐 모두 걸러버리고, 해설을 읽을 즈음에는, 다시 완성으로 나쁜 점보다는 좋은 점만이 두드러지게 나타나게 되는 것을, 정작 자만이라 하는 일은 없어야 할 것입니다.

물은 흐르면서, 안 좋은 것을 계속 걸러서, 스스로 좋게 깨끗하게 하는 일(자정)을, 게을리하지 않습니다.

미상불 시인의 자작시 해설에 견줄 수 있겠습니다.

살아 움직이는 시

시를 살다

현장의 삶은
종합예술

시를 짓는 마음으로 살면
그게 바로 시인 것을

어휘를 고르고 다듬듯
오늘도 한 편의 시를 살다

시가 쉽게 쓰이지 않는 요즘
몸짓 하나하나가 숨 쉬는 싯귀

맑은 이슬로 마음을 헹구고
쏟아지는 햇살에 가슴을 펴고

열기를 뿜는 저잣거리
덩달아 목청을 돋우며 휩쓸리다

도무지 다른 겨를이 없어
소망을 달구는 일에 골몰할 뿐

저마다 겪은 사연들이 있을 것이나
땀 뻘뻘 흘리며 훔치며 펼치는 흥정 흥정

그 뒤의
노곤한 성취감

이제 마음속 파아란 시첩에
온몸으로 지은 하루의 시를 소중이 새기나

- 계절문학('11.겨울)

저는 저의 시를 살펴보며 더 좋은 시를 얻기 위하여
늘 애쓰고 있습니다.
누구보다 자신을 위해서입니다.
그러면서 때로는 실없이 자화자찬을 하기도 합니다.
나름의 격려일 것입니다.

살아서 움직이는, 당장 펄떡펄떡 뛰는, 새롭고 낯설은
시어 싯귀(시구)를 찾아, 여태까지 쓰지 않은 그런 시
를 써서, 창작하여, 감동케 한다면,
참 좋을 것입니다.

이것은 은유에 의해서 가능합니다.
은유는 직유에 대비되는 말입니다.

직유 곧 ...같은 ...처럼 ...듯 등으로 적은 시를 대하면
이제는
진부하다는 생각이 들기 마련이고 호감이 덜합니다.
할 수만 있으면 이런 표현은 피하는 것이 좋습니다.

은유로 시의 영역을 무한정으로 확대할 수 있습니다.
은유의 숙달에 따라서 새로운 시를 얼마든지 만들어

낼 수가 있습니다.

"장미 같은 여인" 이것은 직유이나
"그 여인은 한 떨기 장미" 이렇게 하면
은유가 됩니다.

그러나 은유도 늘 새로워야 합니다.
"장미" – 너무나 보편화된 낡은 표현입니다.
생활 현장에서 사랑의 표현으로는 효과가 있을 것
이나 시어로서는 감동을 줄 수가 없습니다.
변형하거나 대치할 기발한 어휘를 찾아야 합니다.

그리고, 은유는, 낱말 하나로도, 또 간단한 어구,
또는 긴 문장, 시 전체로도,
그 일을 할 수가 있습니다.

은유에 탁월한 시인은 그만큼 훌륭한 시인이라 할
수 있습니다.

"시를 살나"
사실, 보통 "시를 쓴다" "시를 짓는다"고 하지

"시를 살다"라는 표현은, 낯설고, 특별합니다.
"시처럼 살다"는 직유, "시를 살다"는 은유입니다.
그리고, "살다"는 감각(운동)의 살아 움직이는
표현입니다.

"어휘를 고르고 다듬듯
오늘도 한 편의 시를 살다"
평범한 말로는, 열심히 정성으로 산다는 역시
은유입니다.

"몸짓 하나하나가 움직이는 싯귀"
은유입니다.

"맑은 이슬로 머리를 헹구고
쏟아지는 햇살에 가슴을 펴고"
실제로 이슬을 받아서 머리를 헹군다는 것이 아니라
그런 마음으로, 또 햇살과 같은 밝은 자세로라는
은유입니다.

"열기를 뿜는 저잣거리
덩달아 목청을 돋우며 휩쓸리다"

그만큼 치열한 태도로 산다는, 은유.
그 뒤의 표현들도 마찬가지입니다.

"노곤한(근육/운동감각) 성취감"
"마음속 파아란 시첩"
"온몸으로 지은 하루의 시"
은유입니다.

온몸으로 지은 시를, 마음속 파아란 시첩에 소중히
새기는, 시인의 모습에 가슴이 찡합니다.

이 시 전체가 좋은 시 쓰기를 열망하는 한 시인을
그린 은유(메다포)입니다.

전반적으로 표현이 아주 신선하고 생동감이 있습니다.
살아 움직입니다.

그리고 소망의 밝은 시입니다.
이 모두 은유(메다포)의 덕입니다.

은유는 꾸준히 개발하고 단련하여야 합니다.

생명들의 합창을 듣습니다

햇살을 털며 일어서는

아침, 햇살을 털며 일어서는 저 – 생명 들의 합창

살 깊숙이 모래알 박혀 앙다물고 아픔을 삭이며
온몸의 진액을 뽑아내어 그저 여미고 또 여미어

어두운 흙 속 십수 년을 죽은 듯 기다리다 이제
막 허물을 벗고 부신 눈을 비비고 여린 나래를 펴

여기 숲의 기운이 예사롭지 않아 서기가 돌고
바람이 덩달아 좋아서 이리저리 소문을 흘리고

어젯밤 넌출을 타고 모여서 은밀히 속삭이더니
단장을 하여 저리 더 고울 수 없는 몸매 웃음들

여기저기 서로 부대끼고 꼬박이 잠들을 설치며
마침내 품었던 무지개들 높이 멀리 펼치는 자리

저마다 목청을 다듬어 제 몫의 가락에 들썩이다
지금은 모두들 신명이 나서 어쩔 줄을 몰라서

햇살을 털고 일어서서 벌이는 이 – 한판 춤마당

오랜 아픔을 견딘 뒤에야 진주를 내는 진주조개와 역시
유충으로 5~7년, 길게는 17년을 기다려 허물을 벗고
비로소 나래를 펴는 매미, 또 저마다 나름의 어려움을
겪고서 뜻을 펴고 조화를 이루는 생명 들의 삶을 기리고,
이로써 우리 인생의 소망과 기쁨을 맞춰 보고 싶었습니다.

좋은 시를 지어보려는 욕심으로, 남의 시는 조심스럽고,
만만하고 손쉬워서, 서의 시를 요리조리 새기고 쪼개고
마슬러 보기도 합니다.

저는, 시를 지을 때에는, 마음에 두는 몇 가지가
있습니다.
미리 말씀드리는데요, 이것은 어디까지나, 저 자신을
위한 생각과 시 짓기의 방향입니다.

먼저, 될 수 있는 대로, 시는 밝고 긍정적이어야
한다는 것입니다.
사는 일이 어찌 늘 좋을 수만 있겠습니까 만은, 혹
캄캄한 밤을 얘기하더라도 새벽을 떠올릴 수 있고,
빛나는 별을 헤아려 보는, 비록 힘든 험한 고갯길
을 오르더라도, 고개를 넘은 다음의, 기쁨을 기대
하는, 소망의 시를 얻고 싶습니다.

창세기에 '그 지으신 모든 것을 보시니 보시기에
심히 좋았더라' 하였습니다.
본래는, 캄캄한 밤, 어두움도, 조화로운 세상에서는,
역시 아름다움이었다는 뜻이겠습니다.
그러나 이들에게는 무서운 자극 중독성이
또 전염성이 있어서, 여린 우리 사람들이, 이에 한번
깊이 빠져버리면, 헤어 나오기가 도무지 어렵습니다.

보기로, '젊은 베르테르의 슬픔'은 정말 훌륭한
작품이요 아름다운 이야기입니다.
그러나, '베르테르의 효과'라는 말을 들으셨을
것입니다.
아까운 많은 젊은이들이, 이 슬픈 이야기 아름다운
비극에 그만 취하여서, 독한 죽음을 택하였습니다.
죽어버리기 위하여 문학을 하고 시를 짓는 것은
결코 아닐 것입니다.

최근 아흔 넘으신 노시인께서 '나는 내 영혼을
달래기 위하여 시를 쓰노라' 하셨습니다.
절대 공감입니다.
위로를 받고, 세상사는 용기와 힘을 얻을지언정,
시를 짓고 읽고, 그래서 좌절의 구렁텅이에 빠져
버리고 마는 일은
결단코 없어야 한다는 생각입니다.
좋은 이야기만 하기도 모자라는 터에, 어두운
부정적인 시를 짓고 읽고, 뼈가 녹는 번뇌에 빠질
여가가 어디 있느냐 하는 마음입니다.
또, 시는, 누구보다 먼저 사신부터를 삼동케 하여야
한다는 생각입니다.

그러기 위하여서는, 우선 진정성이 있어야 하는데,
그리하려면, 어물쩡 머리로 지어내는 시가 아니라,
마음으로 몸으로 뼈에 스미게 겪고 느끼고 누리는,
생동하는 시, 곰삭아서 고여서 나오는 시를
갈망합니다.

아침 일어나서 잠들 때까지, 아니 꿈속에서라도,
신문사의 특파원처럼, 누구도 알 수 없는, 바로
자기가 위치한 현장에서, 자신만의 현실을 성실
하게 담아내는, 그런 영혼의 시에 집착하기도 합니다.
그러므로, 순간순간을 놓치지 않으려는 노력이
늘 필요합니다.

그리고, 감동하기 위해서는, 끊임없이 표현의 방법
을 연구해야 할 것입니다.
익숙한 자신의 표현을 계속 반복하거나, 알려진
다른 사람의 표현을 따라서 하다 보면, 감동과는
멀어지기 마련입니다.
늘 새로운 표현을 끊임없이 개발할 것입니다.

노래에서, 소프라노 앨토 테너 베이스, 독창으로도
물론 아름다우나, 이들을 모아 합창에 이르면,
독창과는 또 다른 독특한 감동을 줍니다.

빨강 주홍 노랑 초록 파랑, 저마다 나름의 빛깔로
우리에게 감동을 줍니다. 그러나, 비 갠 뒤
아름답게 솟는 무지개는, 그 순간, 그 자체로 아주
황홀케 합니다.
이 순간에는, 어느 빛깔인가를 개의치 않고, 그저
감동하게 됩니다.

시에서도, 이야기들을 주욱 연을 지어 나열하다
보면, 연마다 보이는 나름의 이미지와 감동이
있을 것이나, 전체로, 전혀 새로운 이미지가 떠
오르고 더 큰 감동에 이를 수가 있습니다.

여기서는 인내라든지 소망이라든지 기쁨 환희
라는 낱말은 전혀 없습니다.
이런 낱말은 모르는 사이에 마음에 떠오르게
됩니다.
직설의 표현을 할 수만 있으면 피하여야 한다는
생각입니다.

'햇살을 털녀 일어서는' 이런 어휘가 저는 참
좋습니다.

우리 말 한글은 얼마나 좋은지 모릅니다.
살아 움직이는 모습을 그대로 담아 나타낼
수가 있습니다.
이 같은 우리 말의 맛깔에 늘 놀랍니다.
맨 앞 연 '아침, 햇살을 털며 일어서는 저 –
생명 들의 합창'
'저'라는 말은 멀리서 바라보는, 구경꾼의 이미지
가 있으나,
마지막 연 '햇살을 털고 일어서서 벌이는
이 – 한판 춤마당'
에서의 '이'는,
단 한 글자가, 구경꾼에서 자신도 휩쓸려 한
덩어리가 되어 기쁨을 함께 누리는 주인공의
이미지로 확 바꿔버립니다.
바로 우리 말 한글의 맛입니다.

맨 앞 연과 마지막 연은 수미동어의 변형입니다.
그 효과를 기대합니다.

앞 연 '아침,' 뒤의 구두점도 나름의 역할을 하고
있습니다.

잠깐 멈추는 숨은 기막힌 효과를 낼 수도 있습니다.

끝으로, 인터넷을 비롯하여 나날이 발전해 가는
매스 미디어 시대에서, 시낭송은 문학의 한 장르로
정작 자리가 굳어졌습니다.
시를 지을 적에 이제는 낭송에 신경을 많이 써야
한다는 생각입니다.

어려운 내용도, 보고 듣는 순간, 아주 쉽게, 빨리
이해할 수 있도록, 배려할 필요가 있습니다.

시를, 쉬운 것도, 어렵게 짓는 시대는 지났습니다.
비록 어려운 이야기도 아주 쉽게 들려주는 지혜
로운 시인의 시대가 온 것입니다.

그리고, 시를 짓기만 하고, 낭송은 전문 낭송가
에게 맡겨버리고 마는 것이 아니라, 자신의 시를
자신이 직접, 자랑스럽게, 낭송해 보는, 그래서,
시인의, 시인만의 또 다른 기쁨을 누릴 필요가
있습니다.

전설의 섬 이야기

선유도

천년의 세월이
나들이를 한다

차운 밤
모진 바람 견뎌

이슬을 안은 신선들의
여전한 헛기침 소리

햇살을 누리는
풋풋한 웃음의 물결

전설도
쉬어서 가는

시간의 정원

선유봉

절경이 너무 좋아서 신선들이 노닐었다는 그래서 붙여진
이름이라 합니다.
그리고 신선같이 착한 사람들이 그 아래 집을 짓고 살기
도 하였습니다.

그러나 침략과 격변기의 암울한 시대를 겪으면서 크나큰
아픔을 참아야 하였습니다.
폭약이 터트려지고 몸이 찢겨 나가는 고통을 견뎌야
하였습니다.
암석 채취의 채석장, 마침내는 봉우리마저 없어지고,

조그마한 섬으로만 남게 되었습니다.
선유봉이 선유도가 되고 만 것입니다.

그 아픈 상처들을 달래고, 지금은, 선유로 선유정
선유나루... 만남의 숲 시간의 정원이 있는 아름다운
공원이 되었습니다.

많은 사람 들이 찾아와서 밝은 햇살을 누리고 화안히
웃으면서 전설을 음미합니다.
선유도는 깜찍하고 이쁜, 아직도 신선들의 헛기침
소리가 들리는 듯싶은, 전설의 섬입니다.

이 섬을 기리는 시를 얻고 싶었습니다.
아픈 상처를 건드리기 마련으로는, 성난 시위대의
거친 구호가 되고말고,
감동의 시를 기대할 수는 없었습니다.

그 아픔을 도드라지게는 아니 하면서, 그러나 그냥
지나칠 수는 없으니,
속으로 삭이면서,,, 시의 집을 짓기로 하였습니다.

은유와 상징, 감각의 좋은 자재들을 고르고, 갈고,
정성으로 다듬어 보았습니다.

'천년의 세월이/나들이를 한다'

세월이 사람처럼(의인/인격화) 나들이를 합니다.
의인의 은유입니다.
과거와 현재 또 미래가 선유도를 들고 나는 것입니다.
이 작은 섬에서는
정작 무한의 세월 들이 더불어 움직이고 있습니다.

'차운 밤/모진 바람 견뎌'

'차운(차거운) 밤/모진바람'은 암울한 시대와 거기에
고통을 주는 사정을 상징하였습니다.
'견뎌'라는 수동적 표현을 하여 애써 속으로 삭이는
모습을 순화하였습니다.

'이슬을 안은 신선들의/여전한 헛기침 소리'

옛날 시골의 어르신들은 새벽 일찍 일어나 집안을 돌며

살피며 헛기침을 하였습니다.

권위를 나타내면서 한편으로는 집안의 안녕을 지키고 있다는 뜻을 가족들에게 알리는 신호 곧 상징이었습니다.

이곳에 노닐던 신선들이 아직도 이슬을 맞으며 이 섬을 지키고 있노라는 예의 헛기침 소리를 여전히 내고 있는 듯 여겨집니다.

'이슬을 맞은' 또는 '이슬에 젖은' 대신에 신선들의 품위에 어울리도록 '이슬을 안은'으로 적었습니다.

'햇살을 누리는/풋풋한 웃음의 물결'

유난히 많은 젊은이들과 어린이들이 쏟아놓는 풋풋한 웃음의 물결은 장관입니다.

'선유도=시간의 정원'

은유의 공식입니다.

은유입니다.

전설과 오늘의 풋풋한 웃음의 물결, 또 미래의 빛나는 꿈들이 공존하여, 무시로 오고 가는 '시간의 정원'

바로 '선유도'입니다.

제목 '선유도'와 마지막 연 '시간의 정원' 한 줄로
시각적으로 대칭케 하여 이미지를 돋보이게 하고
이 시를 이 섬처럼 깜찍하게 하면서 그리고 전설이
쉬어서 가는 섬의 정취를 강조하였습니다.

'이슬을 안은'
'헛기침 소리'
'햇살을 누리는'
'풋풋한 웃음의 물결'

시각 청각 촉각 운동감각의 그리고 활유의 표현은
생동감이 있고 시의 감칠맛을 더하여 줍니다.

며칠을 다듬었습니다.
더 살피고 더 다듬으려 합니다.

응축은 시의 생명입니다.

군산에 그리고 영등포에 똑같은 이름의 섬이

있습니다.
여기는 영등포의 선유도입니다.

이 시를 갈망하고 찾고 캐고 다듬는 동안 짐짓 이
섬을 여러 번 다녀왔습니다.
아직 봄이 조심스러운 쌀쌀한 날씨였으나, 왠 정성이
그리 뻗쳤던지, 낮 밤을 가리지 않고, 전설의 분위기
에 흠씬 젖었습니다.

아주 짧은 시입니다.
이 섬의 혼을 불어넣고 싶은 열망은,
그러나, 대단하였습니다.

시는 너무 구체적이면 오히려 그 맛과 멋을 잃고
만다는 것이, 평소의 생각입니다.
역사와 사실의 기록으로만 그쳐서는 안 되고,
시는,
꿈꾸고, 새기고, 깨닫고, 감동할, 여백이 꼭 있어야
하기 때문입니다.

시인은 좋은 글을 많이 읽어야 합니다
– 자양 동기 배열 감각 수미동어의 변형

글을, 좋은 글을 많이 읽어야 합니다.
시의 자양이 되고 동력이 되고 좋은 시 쓰는 직접의
계기(동기)도 되기 때문입니다.

그림을 그리고 있던 여섯 살 된 딸이
"엄마, 사자는 무서운 동물이야?"
"응, 그래서 밀림의 왕인걸."
"그럼 어떡하지? 난 사자를 무섭게 못 그리겠어.
사자가 자꾸자꾸 웃고 있어."

그 애가 그린 그림 속의 사자는 정말 귀엽거니와
아이처럼 웃고 있었다.

딸애는 여러 번 사자를 무섭게 그리려고 노력했으나
사자는 번번이 웃고 있었다.
그 애의 심각함을 눈치챈 나는 얼른
"아기 사자는 귀엽고 예쁘단다."
딸을 위로하였다.

유난히 심성이 맑고 고왔던 딸애의 그림은 아주
밝았다.
그 애의 그림 속에선 모든 것이 웃고 있다. 사람과
동물들은 물론 고기도 웃고 꽃도 웃고 내리는
빗방울도,
구름도, 바람에 흔들리는 나무와
떨어지는 잎사귀도 웃고 있다.
나는 그 아이의 순수함이 내게도 스며듦을 자주 느끼
며
함께 투명해지곤 한다.

감명 깊게 읽었던 글의 한 대목입니다.
순간, 화안한 웃음으로 온몸이 가득하여,
기뻐서,
어쩔 줄을 몰랐습니다.

순수

아이가 그림을 그린다

그 무섭다는 사자를 그린다

머리

갈기

몸통

다리

쩌르렁

골짝을 뒤흔드는 호령

과연 밀림의 왕이다

그런데 아이는 울상

그림 속의 사자가 번번이 웃어

도무지 무섭지가 않다

촐랑이는 다람쥐

토끼

꽃

나무

떨어지는 잎사귀

빗방울

물고기

바람도

구름도 웃는다

아이가 무섭다는 사자를 그린다

사자는 자꾸자꾸 웃는다.

- 자유문학(2000 가을)

이렇게 해서 이 시는 태어났습니다.

이 시를 참 좋아합니다.

한 폭의 그림을 대하듯 마음이

부드러워집니다.

그대로 아름다운 그림입니다

이 시는.

저절로 제목은 "순수"이었습니다.

(이렇게 자연스럽게 나오는 제목은 최상입니다)

이 시는 순수의 덩어리입니다.

심성이 맑고 고운 아이의 얼굴이 얼른 떠오릅니다.

아이의 손으로 그려지는 귀여운 사자의 모습

하나하나

머리

갈기

몸통

다리

쩌르렁

골짜기를 뒤흔드는 호령 소리까지

보이고 들려 옵니다

촐랑이는 다람쥐

토끼

꽃

나무

떨어지는

잎사귀

빗방울

물고기

바람도

구름도 웃는다

모든 것들이 다 살아 움직여서
눈(시각)으로 귀(청각) 코(후각) 몸(피부)
마음(심상)으로
느껴지고 생생하게 잡힙니다.

시어의 배열은
같은 내용이라도
어찌하느냐에 따라
확연히 그 효과가
두드러지게 달리 나타납니다.

여기에서의 배열은
선명하여
그림의 구도를 잘 살렸습니다.

앞
"아이가 그림을 그린다
그 무섭다는 사자를 그린다"
뒤
"아이가 그 무섭다는 사자를 그린다
사자는 자꾸자꾸 웃는다"

수미동어를 변형 유사어구로 반복하므로
주제를 또렷이 하고 리듬을 좋게
시 전체를 깔끔히 하여
포옥 품 안에 들게 하였습니다.

밝고 맑고 고운 마음이면 무서운 사자도
마냥 귀여울 수가 있습니다.

이 시를 읽고 외우며 모처럼 또 웃습니다.

비평은 내일을 기루는 소망입니다

기상통보

노아시대의 구름이 휘몰려 와
시위를 한다

우직한 산들이 견디다가
허리를 꺾고 무너져 내린다

섶에 실려 골짜기마다
밭은기침을 내뱉는다

온 들이 모가질 쥐어뜯으며
거무죽죽 땀을 쏟아 놓는다

부모를 난자하고서 덤덤한 아들
아나운서도 더듬거린다

홍 – 수 – 경 – 보

무지개 움켜쥔 채로
가슴이 덜컥 내려앉는다

　　　- 시세계('94)

매양 조심스러운 사회비평의 시입니다. 거친 구호가
아니라 뼈저린 고뇌로 삭였습니다.

홍수로 한 나라가 절단이 나는 모습을 보고, 만연한
어두움의 시대를 살면서,
앞으로 "물로는 세상을 멸하지 않으리라" (성경)
약속의 승표 부시개를 켜 올리련서노, 삼남하고 누렵고
떨렸습니다.

상징 은유 감각의 표현으로 형상화하였습니다.

노아시대의 (죄악 심판의) 구름이 휘몰려 오고 그 무서운
구름에, 휩싸여서 우직한 산들이 허리를 꺾고 무너져
내리고(구름 속에 잠기고)(세상의 모든 허세가 무너지고),

골짜기마다 겁에 질려 밭은기침을 내뱉고, 온 들이 모가질
쥐어뜯으며 거무죽죽 땀을 쏟아놓고 (홍수 직전의 절박한
이미지,,,)
무지개 움켜쥔 채로(약속을 믿으나) 가슴이 덜컥 내려앉고
맙니다.
부모를 무참히 해하는, 인륜마저 무너지면, 종말입니다.

기상통보
준엄한 재앙의 경고입니다.

비평은, 그러나, 내일을 기루는 뜨거운 소망입니다.

인생은 늘 새로운 시작입니다!

단풍

이제 시작입니다

흙냄새 제법 살갑고
이만큼
고향의 언저리에서

위만 보고
시새워
억척을 떨던

무거운 짐
내려놓으니

바알갛게
화색이 돌고
손 흔들며

이제 시작입니다

흙에서 났으니 흙으로 돌아가리라!
흙냄새는 푸근한 바로 고향의 냄새입니다.
여기저기 세상을 휘돌다가 마침내, 그리워서, 모든 혈기
다 내려놓고, 마음 모두 비우고, 겸허히, 이제는 고향에서
편히 쉬려 합니다.
위만 바라보고 시새워 억척을 떨던 무거운 짐 내려놓으니
오히려 아주 편안하고 화색이 돕니다.
이만큼 고향의 언저리에서 흙냄새 제법 살갑습니다.

바알간 단풍 참 곱습니다!
정작
가을의 현란한 꽃입니다!

인생은 늘 새로운 시작입니다!
스무 살 청년의 가슴 뛰는 시작이 아름다우나,
단풍 바알간 인생, 가을의 빛나는 시작은,
마음을 적셔서, 하늘의 감동으로, 온몸을 떨게
합니다!

은유!
상징!

인생의 가을!
너무나
찬란합니다!

시인의 표현 낱말 어휘

– 새로운 시를 찾아서

시인은 표현 낱말 어휘를 크게 둘로 나눌 수
있습니다.

1. 사전에서의 표현 낱말 어휘

이를, 원형의 어휘, 기본의 어휘, 처음(1차)의 어휘,
직설의 어휘, 서술의 어휘, 축어의 어휘, 생활의
어휘 등으로도 부를 수 있습니다.

기쁘다 슬프다 서글프다 즐겁다 분하다 아프다 좋다
나쁘다 아름답다 밉다 사랑한다 ,,,

사전을 펴면 읽을 수 있는 그 많은 표현 낱말 어휘
들이 다 여기에 속합니다.
옛날에는 이런 말들이 그 자체로도 시어가 될 수
있었고 감동을 줄 수 있었습니다.
그러나 많은 시인들이 너무 자주 사용하여 이제는 면역
이 되어서 이들로는 감성을 자극할 수 없게 되고
말았습니다.

물론 생활의 현장에서 주고받을 때의 감동은 사정에
따라 큰 효과를 봅니다.
직설의 표현이 위력을 발휘할 수 있습니다.
다만 시어로서는 적절하지 못하다는, 시의 운치가 없다
는, 모자란다는 뜻입니다.

2. 시어로서의 표현 낱말 어휘

뭐니 뭐니 해도 세상에서 가장 듣고 싶어 하는 말은
"사랑한다"는 말일 것입니다.
연인들끼리 주고받는 "사랑해"하는 한 마디 표현,
그 말은 엄청난 위력을 발휘할 것입니다.
그러나 시에서 "사랑"이라는 낱말을 그냥 그대로 쓰면

시어로서는 미흡합니다.
시의 운치에서는 좀 그렇습니다.

이 낱말을 일체 꺼내지 않고서, 섬세하게 또는 강력
하게 어필하여, 우리의 감각 오감을 울려서, 마음으로,
이것이 바로 "사랑"이로구나 느끼고 깨닫고 감동토록
표현하는 기법이, 시에서는 필요하게 되었습니다.

다음은 "사랑"이라는 표현 낱말 어휘 전혀 없이 성공한
"사랑의 시"들입니다.

맘속 붉은 장미를 우지직끈 꺾어 보내 놓고
그날부터 내 안에서 번뇌가 자라다 (노천명)

임이 오시던 날

버선발로 달려가 맞았으련만
굳이 문 닫고 죽죽 울었습니다

기다리다 지쳤음이오리까
늦으셨다 노여움이오리까

그도 저도 아니 오이다
그저 자꾸 눈물이 나
문 닫고 죽죽 울었습니다. (노천명)

지름길 묻길래 대답했지요
물 한 모금 달래기에 샘물 떠주고
그리고는 인사하기에 웃고 받았지요

평양성에 해 안 뜬대도
나는 모르오.
웃은 죄밖에. (김동환)

꽃은 물을 떠나고 싶어도
떠나지 못합니다

새는 나뭇가지를 떠나고 싶어도
떠나지 못합니다

달은 지구를 떠나고 싶어도
떠나지 못합니다

나는 너를 떠나고 싶어도
떠나지 못합니다. (정호승)

봄물보다 깊으니라
가을 산보다 높으니라

달보다 빛나니라
돌보다 굳으니라 (한용운)

보이지 않아도
보이는 너로 인해
내 눈빛은 살아 있다

들리지 않아도
들리는 너로 인해
내 귀는 깨어 있다

함께 하지 않아도
느끼는 너로 인해
내 가슴은 타오르고

가질 수 없어도
들어와 버린 너로 인해
내 삶은 선물이다 (김민소)

두근거리는 가슴 들킬까 봐
애꿎은 손톱만 깨물다가
....
그때부터 조금씩
가슴에 금이 가기 시작,,, (첫사랑 – 이해인)

얼굴 하나야
손바닥 둘로
폭 가리지만

보고 싶은 마음
호수만 하니
눈 감을 밖에 (정지용)

해바라기

바라보면

가슴이 뜨거워

몰아치는 비바람에
진저리를 치다가도

얼른 다듬고 얼굴 가득
샛노오란 웃음 (이찬용)

겨울을 녹여 버리는
숨결입니다

밤을 살라 버리는
등불입니다

가문 날의
소나기입니다

벼랑의
동아줄입니다

이제도 마주하여

가슴이 끓습니다

이 가랑잎에
베풀어 주시는 은총입니다 (이찬용)

이것은 "사랑"이라는 표현 낱말 어휘, 하나의 보기에
지나지 않습니다.
사전에서 읽을 수 있는 숱하게 많은 표현 낱말 어휘
들이 모두
이와 같습니다.
새로운 시 창작하기를 갈망하는 시인은, 이런 사전의
표현 낱말 어휘를, 시어로서의 표현 낱말 어휘로,
변형 개발 단련하는 노력이 끊임없어야 할 것입니다.
그리고, 그 영역은 넓고도 넓습니다.
마냥 시인을 부르고 또 부릅니다.

의인擬人 그리고 활유活喩

의인 그리고 활유

시인은 늘 새로운 시 살아 움직이는 시를 찾아
나서야 합니다.
의인과 활유는 시에 생명과 활력을 불어넣어서
이를 새롭게 또 살아서 움직이게 합니다.

의인의 표현은

세상 모든 것으로, 살아 있거나 죽은 것이나 보이나
안 보이나 가림이 없이, 사람이 되게 하여서, 숨을
쉬고 듣고 보고 말하고 소리 지르고 냄새를 맡고

느끼고 움직이게 합니다.

'해가 (활짝)웃는다'

'햇살이 너털웃음을 쏟아놓는다'

'태양이 고개를 떨군다'

'강물이 (잔잔히) 미소를 짓는다'

'산이 (우두둑) 기지개를 켠다'

'유람선이 트림을 한다'

'자던 나무 (소스라쳐) 옷깃 여민다'

'풀이 눕는다'

'풀잎들이 깨금발 딛고 일어선다'

'나무들이 두런거린다'

'바람이 통곡을 한다'

'욕심은 다리를 저는 (나그네입니다)'

'계절이 가쁜 숨을 몰아쉰다'

활유의 표현은

사람이 아닌 세상의 모든 사물들 그리고 관념을,
살고 죽은 것 가리지 않고, 살아 움직이는 생명체

동물 짐승처럼 살아서 행동하게 합니다.

'산이 꿈틀거린다'

'기억은 빗줄기를 타고 대롱거린다'

'시간이 잔뜩 웅크린다'

'불안이 스멀거린다'

'마음이 오그라든다'

'계절이 피어선 진다'

'바위가 바다를 향하여 달린다(질주한다)'

'바위가 허옇게 배를 드러내고 누워 있다'

(물론 사람도 달리고 누우나, 동물의 특징을 빗댄
것이므로)

'바다는 저녁 해를 집어삼켰다'

'파도가 으르렁거린다'

젊은 시인께

이 축복의 가을에 탐스러운 열매를 봅니다.
앞으로 더 좋은 꽃을 피우고 더 놀라운 열매를 거둘
것입니다.

눈 감으니, 온통 감동의, 시의 향연입니다.
씨앗을 고르며 겨울을 지내고 봄에는 뿌려서 비바람
태풍을 견디면서 위대한 여름을 보냈습니다.
그동안 손발이 부르트는 노고와 고뇌의 시간도
있었습니다.

그러나 이 모두 누고누고 풍성한 사앙이 될 깃입니다.
잘 견뎌 주신 시인께 뜨거운 감사와 축하의 인사를

드립니다.

아주 훌륭하셨습니다.

나아가 이제는 새로운 시작입니다.
현장의 실습은 모름지기 끝이 없습니다.
꾸준히 평생을 가야 하는 일입니다.
끊임없이 새로운 시의 광맥을 찾고 반복하여 살피고
열 번 스무 번 갈고 마스르고 다듬어서 귀한 보석을
만들어야 합니다.

그러다 지칠 수도 있습니다.

그런데 이때가 바로 반전의 좋은 기회입니다.
숨을 돌리면서 도약의 순간을 붙잡을 수 있습니다.

분명한 것은 시를 위하여 행복을 포기해서는 절대로
아니 됩니다.
시는 세상을 행복하게 사는 수단은 될지언정 결난코
목표가 될 수는 없습니다.
시로 하여 행복을 잃는다는 절박한 마음이 들 때

에는 과감히 시를 버려야 합니다.

그러나 경험으로는 좌절 절망의 벼랑에서 시는 참
으로 좋은 위로요 치유요 구원이었습니다.
시는 꿈과 소망의 밝은 손짓입니다.

다시
뜨거운 감사와 축하의 인사를 드립니다.

시와함께(Along with Poetry)

이찬용 시인의 평론

시인 아름다워라

발 행   2023년 4월 17일

지은이   이찬용

펴낸이   양소망

펴낸곳   도서출판 넓은마루

주 소   (03132) 서울특별시 종로구 삼일대로 30길21, 410호(낙원동, 종로오피스텔)

전 화   02-747-9897, 010-7513-8838

이메일   withpoem9@daum.net

출판등록   제2019호-000100호

인쇄·제본   (주)지엔피링크

저작권자 ⓒ 2023, 이찬용

ISBN 979-11-90962-30-8(04810) 979-11-968089-8-3 (세트)

값 12,000원